Auguste Meyna

Note sur l'occlusion du vagin à la suite de l'accouchement

Tribut académique, présenté et publiquement soutenu à la Faculté de Médecine de Montpellier, le 27 août 1838.

Auguste Meynard

Note sur l'occlusion du vagin à la suite de l'accouchement

Tribut académique, présenté et publiquement soutenu à la Faculté de Médecine de Montpellier, le 27 août 1838.

Réimpression inchangée de l'édition originale de 1838.

1ère édition 2024 | ISBN: 978-3-38509-496-3

Verlag (Éditeur): Outlook Verlag GmbH, Zeilweg 44, 60439 Frankfurt, Deutschland
Vertretungsberechtigt (Représentant autorisé): E. Roepke, Zeilweg 44, 60439 Frankfurt, Deutschland
Druck (Imprimerie): Libri Plureos GmbH, Friedensallee 273, 22763 Hamburg, Deutschland

NOTE

SUR

L'OCCLUSION DU VAGIN

A LA SUITE

DE L'ACCOUCHEMENT.

Tribut académique

PRÉSENTÉ ET PUBLIQUEMENT SOUTENU

A LA FACULTÉ DE MÉDECINE DE MONTPELLIER, LE 31 AOUT 1838,

PAR

Meynard (Auguste),

d'Orange (VAUCLUSE),

Officier de Santé ; Chirurgien de l'hôpital civil et militaire de la ville d'Orange ; Médecin des prisons de la même Ville ; Médecin vaccinateur d'arrondissement ; Membre correspondant de la Société archéologique de Montpellier ;

Pour obtenir le grade de Docteur en Médecine.

MONTPELLIER,

IMPRIMERIE DE VEUVE RICARD, NÉE GRAND, PLACE D'ENCIVADE, 3.

1838.

FACULTÉ DE MÉDECINE DE MONTPELLIER.

PROFESSEURS.

MM. CAIZERGUES, Doyen. Clinique médicale.
BROUSSONNET. Clinique médicale.
LORDAT. Physiologie.
DELILE, *Président*. Botanique.
LALLEMAND. Clinique chirurgicale.
DUPORTAL. Chimie.
DUBRUEIL. Anatomie.
DELMAS. Accouchements.
GOLFIN. Thérapeutique et Matière médicale.
RIBES. Hygiène.
RECH, *Suppléant*. Pathologie médicale.
SERRE. Clinique chirurgicale.
BÉRARD. Chimie médicale-générale et Toxicologie.
RENÉ. Médecine légale.
RISUEÑO D'AMADOR, *Examinateur*. Pathologie et Thérapeutique générales.
ESTOR. Opérations et Appareils.
N........ Pathologie chirurgicale.

PROFESSEUR HONORAIRE.

M. AUG. PYR. DE CANDOLLE.

AGRÉGÉS EN EXERCICE.

MM. VIGUIER.
KUHNHOLTZ, *Examinateur*.
BERTIN.
BROUSSONNET fils.
TOUCHY, *Suppléant*.
DELMAS fils.
VAILHÉ.
BOURQUENOD.

MM. FAGES
BATIGNE.
POURCHÉ, *Examinateur*.
BERTRAND.
POUZIN.
SAISSET.

A M. MEYNARD,

MEMBRE DE LA CHAMBRE DES DÉPUTÉS.

L'affection toute paternelle que vous me portez m'a suggéré l'idée de vous dédier ma Thèse. Puissiez-vous l'agréer avec autant de plaisir que j'ai de bonheur à vous l'offrir !

AUX MANES DU MEILLEUR DES PÈRES,

MÉDECIN A ORANGE.

Ton souvenir vivra toujours dans mon cœur.

A MA MÈRE ET A MON FRÈRE.

Respect, affection et dévouement.

A. MEYNARD.

A MON ONCLE MEYNARD (DANIEL),

ET A SA FAMILLE.

Attachement inaltérable.

A MA BELLE-MÈRE.

Affection, respect.

A MON ÉPOUSE ET A MA FILLE.

Il serait superflu de vous dire combien je vous aime.

A MES AMIS.

L'amitié me fait un devoir de placer sur cette page le nom de ceux qui me sont chers ; celui d'ADRIEN MEYNARD, mon parent et ami, ne doit pas être oublié.

A. MEYNARD.

AVANT-PROPOS.

———

Il y a bientôt quinze ans que des circonstances impérieuses me forcèrent de quitter la célèbre Faculté de Montpellier, au moment où j'allais aspirer au titre de docteur.

Quelque vive qu'en fût ma peine, subissant depuis les exigences de la pratique, je n'avais jamais pu trouver spontanément assez de liberté pour réparer le tort que les événements m'avaient fait.

Mais il a fallu répondre à des témoignagnes de haute confiance, et prouver que je n'étais pas indigne des honorables fonctions dont je fus investi comme médecin.

Dès lors aucun sacrifice n'a dû me coûter. Je suis venu derechef dans cette enceinte montrer que les leçons de mes anciens Maîtres n'avaient pas été pour moi sans profit; et vous voudrez bien, je l'espère, m'élever à la dignité médicale que j'ambitionne.

Recevez, Messieurs, par anticipation, l'expression d'une gratitude fortement sentie.

Quant au sujet de ma thèse, il a été choisi parmi les faits qu'une clientèle assez étendue m'a présentés. J'aurais voulu le traiter avec plus de développement et d'une manière plus digne de vous; mais le temps m'a pressé de toute manière. Sous peu de jours l'École aura suspendu ses travaux; et, d'un autre côté, mes occupations me réclament depuis trop long-temps déjà.

Le fait pathologique que je rapporte n'est pas ordinaire. Puisse-t-il au moins, par sa rareté, me mériter toute votre bienveillance!

NOTE

SUR

L'OCCLUSION DU VAGIN

A LA SUITE

DE L'ACCOUCHEMENT.

La femme Ch., bien conformée et d'une constitution robuste, mariée à l'âge de 20 ans, devint enceinte quinze mois après : la gestation n'eut rien de remarquable ; mais l'accouchement n'ayant pu s'effectuer naturellement, le médecin du lieu jugea l'emploi du forceps indispensable et l'appliqua immédiatement.

L'enfant mourut peu après son extraction.

Quant à la mère, elle ressentit de la douleur dans les organes externes de la génération pendant assez long-temps ; mais croyant que c'était la conséquence nécessaire de tout accouchement laborieux, elle ne s'en plaignit pas ; bien plus , elle ne tarda pas à reprendre ses occupations.

Bientôt après , jugée propre à devenir nourrice , elle entra en cette qualité chez une de mes clientes.

Deux ou trois mois s'écoulèrent ainsi : alors apparurent , chez cette femme , les signes généraux de la menstruation , toutefois sans aucun écoulement au dehors.

Durant cinq ou six mois , ces phénomènes se reproduisirent périodiquement ; mais sans cesse cette femme se plaignait d'envies de vomir, de douleurs lombaires , de pesanteur et de tension vers l'hypogastre , surtout d'une extrême fatigue. Son ventre s'était graduellement développé , au point que les parents de l'enfant crurent à une grossesse.

Appelé pour constater l'état de cette femme , j'en obtins les détails sus-mentionnés ; elle me donna , en outre , l'assurance que , depuis avant son accouchement, elle n'avait eu aucun rapport sexuel. Néanmoins je crus devoir procéder à une exploration aussi complète que possible.

Il existait dans la capacité abdominale , au niveau de l'hypogastre surtout, une tumeur offrant le volume d'une tête d'adulte , et dont la fluctuation était évidente. Ayant voulu pratiquer le toucher , cela me fut absolument impossible ; le doigt indicateur ne put jamais dépasser la vulve , ou plutôt une sorte d'impasse qui la représentait en ce point.

Le mari de cette femme était présent ; je lui fis part de ma surprise et de mes doutes : j'obtins alors la permission d'examiner à l'œil nu les organes génitaux ; voici leur état : les alentours de la commissure postérieure étaient froncés , enfoncés vers le vagin, et l'anus , tiraillé dans ce sens, affectait la forme ovalaire. Plusieurs cicatrices profondes résidaient dans les plicatures de la peau ; elles indiquaient que, non-seulement la fourchette avait été rompue, mais encore qu'à droite et à gauche avaient été pratiquées des déchirures considérables. Enfin , le canal vulvo-utérin était complètement fermé par un corps fibreux, très-dense , qui en avait étroitement rapproché les parois : du reste, la partie supérieure de la vulve avait conservé à peu près sa configuration normale ; seulement le méat urinaire était placé un peu plus bas.

Ce fait dut fixer mon attention ; et avant d'entreprendre aucun traitement, je voulus invoquer l'assistance de deux médecins éclairés : MM. Granier et Gagnac, docteurs à Bollène.

Ensemble, nous décidâmes que la matière épanchée dans l'utérus était du sang menstruel exhalé depuis plusieurs mois ; qu'il fallait aller à sa rencontre en pratiquant prudemment une voie à travers le corps fibreux qui avait amené l'oblitération du vagin.

A l'instant, et sous les yeux de ces Messieurs, je me mis en devoir d'exécuter cette opération.

La vessie et le rectum furent d'abord vidés.

Au moyen d'un scalpel très-étroit, je pratiquai sur le corps fibreux une incision de demi-pouce environ dans la direction de la vulve : cette incision commençait à deux lignes au-dessous de l'urètre, et se terminait assez loin en avant de l'anus, quoique, ainsi que je l'ai déjà dit, cette ouverture eût été rapprochée du vagin. Une autre incision, de près d'un pouce, coupa transversalement la première. Cela fait, j'essayai de pénétrer plus avant, en opérant le déchirement de ce corps inodulaire, soit avec l'ongle de l'indicateur, soit avec le manche de l'instrument ; mais sa densité m'obligea à pratiquer une véritable dissection. Je la fis avec circonspection, de manière à marcher toujours à une certaine distance de l'urètre et du rectum. Enfin, après avoir pénétré à un pouce et demi de profondeur, l'instrument atteignit l'épanchement. Aussitôt une grande quantité de sang corrompu et liquescent s'écoula, et cet écoulement dura une quinzaine de jours. Des injections détersives furent immédiatement employées ; après cela, je plaçai dans ce nouveau vagin une sonde de gomme élastique de gros calibre. Progressivement le volume des corps dilatants fut augmenté ; en sorte qu'après une vingtaine de jours, la femme put, d'après nos conseils, se livrer au coït. Elle redevint bientôt enceinte, et fit, cette fois, une fausse-couche ; mais, depuis, sa santé s'est parfaitement rétablie.

De la part d'un pathologiste habile, ce fait, ce nous semble, serait fertile en réflexions curieuses. Avant de rapporter celles qu'il nous a suggérées, donnons quelques considérations générales sur le sujet auquel il se rapporte.

Chez la femme, le périnée et les organes qui s'y rencontrent sont exposés à de nombreuses lésions. Il en est que l'on appelle communément ruptures ou déchirures; mais, selon la remarque du professeur Velpeau, les ruptures du périnée sont à tort confondues, dans le langage habituel, avec les déchirures de la vulve.

Ruptures. — Les ruptures, dont l'existence a été long-temps contestée, surtout par Capuron, consistent dans la formation d'une ouverture plus ou moins régulière et considérable, placée au périnée, à une distance variable de l'anus et du vagin, mais parfaitement distincte de ces orifices naturels. Elles peuvent être produites ou par le traumatisme, ou, pendant l'accouchement, par la tête de l'enfant. Dans le premier cas, la lésion s'effectue du périnée vers le vagin, et la plaie, comme ses alentours, offrent les caractères ordinaires à l'espèce d'agent vulnérant qui l'a produite : c'est une plaie contuse, résultat le plus souvent d'une sorte d'empalement, comme dans le fait auquel M. le docteur Rey, ex-interne à l'Hôtel-Dieu St-Éloi, a donné naguère tant d'éclat.

Dans le second cas, les tissus se rompent, au contraire, du vagin vers le périnée, après avoir préalablement supporté une distension énorme, et sous l'influence d'un concours de causes qui ont forcé la tête de l'enfant à marcher toujours selon l'axe du détroit supérieur. Alors la circonférence de la rupture, plus ou moins frangée, présente, dans les premiers moments, une boursouflure et un renversement en dehors caractéristiques. Mais, à voir le peu d'étendue de cette plaie, on ne croirait jamais qu'un enfant à terme ait pu passer par là, et que les commissures du vagin et de l'anus aient seules résisté, quand autour d'elles tout a été déchiré : cependant telle est la vérité (1). « Il est difficile, en effet, de concevoir

(1) Combien de faits de dilatation tout aussi extraordinaire n'observe-t-on

de prime-abord comment une partie qui n'a ordinairement que dix-huit lignes d'étendue puisse se prêter à une ampliation telle, qu'elle permette le passage d'un corps aussi volumineux que l'est celui d'un enfant naissant. Mais cette manière de raisonner est presque une injure faite à la nature : combien de phénomènes ne soumet-elle pas tous les jours à notre observation, dont nous sommes encore à comprendre les causes et le mécanisme ? Si ce fait existe, l'examen des voies et moyens qu'elle emploie n'est plus pour nous qu'un objet secondaire dont la science néanmoins doit faire son profit (1). »

Le premier fait de rupture du périnée fut observé par l'immortel Harvey, sur une jument bouelée ; depuis, les auteurs de pathologie humaine ont recueilli plus de trente faits analogues chez les femmes par suite d'accouchement. (*Vide* Dupuytren, Moreau, Velpeau.)

Déchirures. — Les déchirures de la vulve, ou fentes vulvaires, sont des solutions de continuité plus ou moins profondes, plus ou moins irrégulières dans leur forme, partant d'un des points de la circonférence de cette ouverture, et se prolongeant plus ou moins loin vers les cuisses et le périnée. Selon la remarque de Levret, le plus grand nombre s'effectuent dans les environs de la fourchette, plutôt que sur elle-même. Elles sont assez généralement peu considérables pour exiger des soins particuliers ; mais il en est qui, plus profondes, s'étendent parfois jusqu'au rectum, ou même établissent une communication entre l'intestin et le canal vulvo-utérin, constituant ainsi une des infirmités les plus dégoûtantes dont la femme puisse être atteinte.

Levret pensait que les déchirures vulvaires n'arrivaient qu'alors que l'enfant affectait les positions occipito-postérieures ; qu'il offrait la face ou bien encore les fesses. Mais M. Velpeau dit, avec raison, « qu'il n'est pas une présentation de la tête qui ne puisse amener ce résultat.

pas tous les jours ! Qui croirait *à priori* qu'un enfant à terme pût passer par le canal vulvo-utérin lui-même ? Qui croirait à l'énormité de certaines collections aqueuses, purulentes, sanguines ; à la possibilité d'introduire certains instruments dilatants dans quelques-uns de nos canaux ? etc.

(1) Dupuytren, leçons orales, tom. III, pag. 176.

Un pied, un coude, un genou, mal dirigés, ajoute-t-il, le produisent assez souvent, ainsi que les mauvaises manœuvres connues sous le nom de petit travail. L'infiltration, la rigidité des grandes lèvres, y disposent aussi considérablement. (1) »

Il nous semble qu'on pourrait principalement ramener les causes de ces déchirures : 1° à certaines modifications de texture ou de forme de la vulve, originaires ou acquises, qui la rendent à la fois moins résistante et moins élastique qu'il ne faudrait ; 2° à la manière dont l'utérus effectue ses efforts expulsifs ; 3° aux manœuvres peu ménagées, intempestives ou irrationnelles, auxquelles l'accoucheur s'est livré.

Une chose bien digne de remarque, c'est que les conséquences des déchirures vulvaires *considérables* soient plus graves que celles des ruptures du périnée. A part un fait cité par Trinchinetti(2), dans lequel la mort de la femme fut amenée par des complications fâcheuses, tous les cas de rupture centrale du périnée, dont les auteurs font mention, se sont terminés par la cicatrisation des parties dans un laps de temps qui varie depuis un mois jusqu'à six semaines. Il y a plus : c'est ordinairement sans l'intervention active de l'art, par le seul rapprochement des cuisses et le repos prolongé dans cette position, que la guérison s'est effectuée ; tandis que, lorsqu'on a voulu y remédier par la suture, on a beaucoup moins bien réussi. D'où cela provient-il ? Il nous semble qu'on peut s'en rendre aisément raison. Et d'abord, tout, au périnée, est anatomiquement disposé pour subir sans danger des distensions considérables, surtout chez la femme, où le détroit périnéal du bassin est plus grand que chez l'homme. Là, siége en grande quantité du tissu cellulaire graisseux dont tous les organes sont moelleusement entourés. Là, se trouve une aponévrose trifide à lames minces et flexibles, soutenant et protégeant des organes creux qui peuvent presqu'à volonté être effacés et même déplacés à des distances considérables ; là, les os eux-mêmes sont convena-

(1) Velpeau, traité complet de l'art des accouchements, t. II, p. 638.
(2) *Vide* Velpeau, *loco citato*.

blement disposés pour favoriser ces déplacements ou pour les subir (1).
D'un autre côté, là se trouvent aussi réunies des conditions très-
propices à la cicatrisation ; car, pour toute adhésion, il faut que les
parties, fraîchement divisées, soient en rapport immédiat. Eh ! bien,
dans les cas de rupture centrale du périnée, l'intégrité des commissures du vagin et de l'anus , ainsi que l'élasticité du tissu adipeux
d'une part, et, en second lieu , le boursouflement que suscite bientôt
l'inflammation, doivent rapprocher fortement les lèvres de la plaie ;
puis, la grande vascularité de ce tissu, dans cette région , ne peut
manquer d'amener un épanchement considérable de lymphe plastique,
et son organisation ne tarde pas à s'effectuer.

Pourtant il est une circonstance défavorable : c'est l'écoulement
des lochies ; mais ici, comme à la suite de l'opération de la taille par
le périnée, les conditions organiques sont si avantageuses, que la cicatrisation s'effectue malgré cela.

De ce qui précède dérive aussi l'inutilité de la suture dans ces cas,
ou plutôt sa nocuité. En effet , la plaie qui résulte d'un pareil accouchement étant contuse, une réaction phlogistique intense doit
suivre, et la suppuration ne peut que s'établir. Qu'est-il besoin d'a-
jouter par la suture à l'irritation des parties ? Passe encore si le rapprochement des tissus divisés n'était pas suffisant; mais il en est au-
trement. Aussi, dans la plupart des cas de ce genre où ce moyen
chirurgical a été appliqué, les fils ont bientôt fatigué et ulcéré les
tissus ramollis par l'inflammation qui les portaient, et, plus tard, ils
ont été dégagés tout-à-fait des chairs; prouvant, par leur élimination,
qu'ils nuisaient plutôt qu'ils ne servaient à la guérison.

Faisons encore une remarque : après la cicatrisation des ruptures
centrales du périnée , les fonctions des parties atteintes, comme celles
des organes ambiants, ne sont que fort rarement lésées ; ainsi le périnée, la vulve, l'anus, ne sont pas moins extensibles; et presque

(1) L'écartement des os du bassin , pendant la grossesse et l'accouchement,
est admis par tous les accoucheurs.

toutes les femmes à qui cet accident est arrivé ont pu accoucher plus
ou moins tôt après, avec une facilité à laquelle on ne croyait pas
devoir s'attendre (1).

Mais, dans les cas de déchirures ou de fentes vulvaires considérables,
les choses ne se passent pas aussi simplement. Si la déchirure ne s'é-
tend qu'au-delà du muscle constricteur du vagin, et si l'inflammation a été modérée, il n'en résultera très-probablement qu'une sorte
de bec-de-lièvre. Ceci entraîne de la difformité, mais pas de notables
inconvénients. Si des déchirures nombreuses, profondes et irrégulières, font que l'inflammation, à un degré élevé, persiste long-temps
dans les tissus, celle-ci décidera la formation d'un ou de plusieurs
corps inodulaires qui auront pour conséquences, soit des coarctations
et des déplacements consécutifs plus ou moins considérables de la
vulve (2), soit des oblitérations diverses du canal vulvo-utérin et de
l'utérus lui-même (3). Enfin, si la déchirure comprend la paroi recto-

(1) Dupuytren, leçons orales, tom. III, pag. 188.

(2) Dupuytren énumère, dans l'ouvrage déjà cité, quelques-unes des conséquences des coarctations et des déplacements de la vulve. Chez ces femmes,
la matière des menstrues séjourne en partie dans le vagin, et y détermine des
phénomènes variables. Il en est de même des écoulements leucorrhéiques,
s'il en existe. L'exploration des organes intérieurs par le toucher ou par l'in-
troduction du spéculum, et, par suite, toute opération sur le col de l'utérus,
deviennent difficiles, même impossibles, ou exigent des manœuvres particu-
lières. Mais c'est surtout dans l'accouchement que cette disposition organique
peut être fâcheuse : la tête de l'enfant rencontrera des difficultés d'autant plus
considérables, que la coarctation sera plus avancée et le tissu qui la forme plus
dense et plus épais. Si le corps inodulaire est moins vigoureux que la commissure postérieure et que le périnée, il se rompt, et l'accouchement s'accom-
plit. Au contraire, si l'inodule résiste, et que l'accoucheur ne songe pas à
l'inciser, la rupture de la commissure postérieure ou celle du périnée a lieu.

Ajoutons que, dans les cas d'occlusion complète de la vulve, du vagin et de
l'utérus, certaines de ces particularités pathologiques n'existeront que plus
marquées.

(3) Ces rétrécissements et ces occlusions de la vulve, du vagin ou du museau
de tanche, existent à des degrés variables et sous des aspects différents. Tantôt

vaginale, les fibres musculaires des constricteurs du vagin et du rectum étant divisées, un vaste cloaque réside en ce lieu ; cloaque d'autant plus dégoûtant, que les matières stercorales ne peuvent plus être qu'incomplètement retenues. Le professeur Velpeau ajoute : que, par l'absence de ce plancher musculo-membraneux, la matrice devient très-sujette au prolapsus ; qu'il est presque impossible de la soutenir au moyen des pessaires ; que la fécondation est alors beaucoup moins facile, et les accouchements futurs tout aussi laborieux; car, ainsi que l'a prouvé de La Motte, l'obstacle réel réside, en général, dans la construction vicieuse du détroit osseux, et non dans le périnée ou les autres parties molles de cette région.

Il est donc évident que les conséquences des déchirures vulvopérinéales considérables sont généralement plus graves que celles des ruptures centrales du périnée : néanmoins elles ne sont ni au-dessus des ressources de la nature, ni au-dessus de celles de l'art. Leur guérison spontanée, complète ou incomplète, n'est même pas très-rare, dit le professeur Velpeau, tandis que les moyens employés par l'art n'ont pas toujours eu le succès qu'on pouvait en attendre. C'est probablement pour cela que Puzos a prétendu qu'en tenant les extrémités inférieures rapprochées à l'aide d'une bande, on guérit aussi bien la déchirure du périnée s'étendant jusqu'à l'anus, qu'avec la suture; il en est même d'autres, notamment Nysten et M. d'Outrepont, qui proscrivent tout-à-fait cette méthode de traitement.

Mais, d'autre part, M. le professeur Roux affirme qu'on n'a jamais vu alors la réunion se faire par les seules ressources de la nature. Cette assertion n'est pas plus exacte que la précédente ; en effet, les conséquences varient, non-seulement suivant la profondeur de la déchirure,

il existe à l'entrée de la vulve un corps fibreux s'élevant plus ou moins haut, ou l'oblitérant tout-à-fait; tantôt, et beaucoup plus rarement, les grandes lèvres sont intimement unies par leur face interne jusqu'au-dessous du méat urinaire. D'autres fois il existe une ou deux cloisons extra-vaginales. Enfin, dans d'autres circonstances, ce sont les deux lèvres du museau de tanche lui-même qui ont adhéré entre elles.

16

mais encore suivant les circonstances qui surgissent à cette occasion, les conditions propres au sujet, etc. Toujours est-il qu'il importe que l'art intervienne : suivant les cas, il disposera convenablement les choses pour que la cicatrisation se fasse régulièrement, même sans l'intervention de la suture; ou bien il l'appliquera méthodiquement, quand il sera bien établi qu'une adhésion régulière n'est probable que par elle; car, qu'importe, à la rigueur, que l'adhésion s'effectue, si elle aussi doit avoir des conséquences fâcheuses pour le sujet, comme, par exemple, dans un cas relaté par Trinchinetti (*osservazione del doctori, Milano,* 1816, *p.* 14, cité par M. Velpeau), où elle fut si complète, qu'il fallut plus tard inciser et dilater l'entrée du vagin, et dans le cas dont j'ai parlé moi-même.

Par conséquent, la question à examiner dans l'intérêt de la pratique est celle-ci : comment l'art doit-il intervenir pour amener une cicatrisation régulière quand existent des fentes vulvaires? Si la déchirure n'arrive pas jusqu'au muscle constricteur du vagin, la contraction de ses fibres mettant dans un rapport à peu près permanent les lèvres de la petite plaie, la réunion exacte s'en opérera aisément; si la plaie dépasse le muscle ci-dessus, la cicatrisation s'opérera, sans doute, mais il pourra en résulter une sorte de bec-de-lièvre plus ou moins marqué. Dans le cas de déchirures plus profondes et multipliées, il importera, avant tout, de réduire l'inflammation à des proportions modérées : après cela, on avisera s'il y a lieu ou non d'appliquer un ou plusieurs points de suture, afin de régulariser la plaie autant que possible, et de favoriser ainsi la formation de cicatrices louables. Mais si la plaie se prolonge depuis la vulve jusqu'au rectum, mettant ainsi en communication ces deux cavités; s'il existe surtout plusieurs lacérations dans les parties, il faut en convenir, il y a peu de chances d'une cicatrisation facile et régulière. Cependant on doit tout faire pour y arriver; et, pour cela, la suture nous paraît indispensable. À son aide, on réduira considérablement l'étendue de la plaie; on remettra en rapport des parties sympathiques; on les défendra du contact des matières fécales, circonstances toutes très-avantageuses, selon J. Bell, pour prévenir une inflammation considérable qui serait la conséquence inévitable d'une conduite opposée, et de laquelle résulteraient, selon Delpech, des corps inodulaires puissants qui produiraient ultérieurement des brides et des déformations considérables. Ici comme ailleurs, plusieurs précautions doivent concourir au succès de la suture, qui, il faut le dire, n'est pas toujours employée selon les règles voulues, même par des chirurgiens très-haut placés; mais ce n'est pas le cas de nous occuper de cela. Seulement, dans les circonstances actuelles, il est une précaution à ne pas négliger : c'est de procurer préalablement des évacuations alvines suffisantes pour que, par le séjour des matières dans le rectum, la plaie ne soit pas contrariée ou empêchée dans ses efforts de cicatrisation. Du reste, la suture rend depuis long-temps d'incontestables services dans les cas dont il s'agit : Guillemeau ayant à traiter une fente prolongée jusqu'à l'anus, appliqua la suture entortillée, et la guérison s'opéra en quinze jours. Saucerotte, Noël, de la Motte, qui regardent à tort les bons effets de la suture comme immanquables, l'ont également employée avec succès. Il en est de même d'Osiander, Dubois père et fils, Dupuytren, Roux, Dieffenbach, etc.; mais c'est M. le professeur Roux qui, dans ces derniers temps, a fixé plus particulièrement l'attention des hommes de l'art sur ce point de thérapeutique chirurgicale jusqu'à lui trop négligé. M. Roux veut qu'on emploie exclusivement la suture enchevillée : sans doute c'est celle qui convient le mieux ; mais, dans le cas où elle offrirait trop de difficultés pour son application, on pourrait avoir recours à toute autre, choisissant toutefois celle qui se rapprocherait le plus de la précédente dans son mode d'action.

Voyons maintenant les inductions qui résultent du fait dont j'ai tracé l'histoire.

D'abord, ce qui m'a frappé, c'est la rareté des cas analogues. A peine si, dans les recherches auxquelles je me suis livré, et par un temps qui fourmille cependant en observations, j'ai pu en rencontrer quelques-unes qui y ressemblent. Peut-être n'ai-je pas assez cherché. Mais je n'en avais pas trop le temps. D'ailleurs Boyer n'a pas été plus heureux que moi. Son érudition chirurgicale ne lui a fourni qu'un

seul fait d'occlusion complète et accidentelle du vagin, et son im-
mense pratique aucun. Voici comment il s'exprime à cet égard : « l'occlusion complète (mais par suite d'une faute typographique il y a
incomplète) et accidentelle du vagin est fort rare. On en trouve un
exemple dans les transactions philosophiques, année 1752, p. 45 :
une femme accoucha de deux enfants ; à la suite de cet accouchement,
*les bords de l'orifice du vagin se réunirent si exactement, que les règles
ne pouvaient plus passer.* Huit mois après, elle eut une rétention d'urine
produite par la compression que le vagin, distendu par le sang menstruel, exerçait sur l'urètre et sur le col de la vessie. On ouvrit l'entrée
du vagin par une incision cruciale qui donna issue à trois pintes de
sang ; la rétention d'urine cessa, et, dans l'espace de quelques moments, cette femme fut guérie d'une affection qui durait depuis un
temps considérable. » (Traité des maladies chirurg. , t. X, p. 415.)
Ce fait devra être rapproché de celui de Trinchinetti, indiqué ci-
dessus, d'après M. Velpeau, dans lequel l'occlusion fut si complète,
qu'on dut inciser et dilater l'entrée du vagin pour permettre la copulation. Mais n'ayant pu me procurer l'ouvrage de Trinchinetti,
j'ignore s'il y a réellement identité. Planque rapporte aussi un cas
d'oblitération *entière* du vagin dans lequel il y eut même conception.
Ceci est fort sujet à discussion. (*Vide* bibliothèq. raisonnée de médecine, t. VI, p. 68, édit. in-4°.)

Mais en examinant bon nombre d'observations de rétrécissement
ou d'oblitération du canal vulvo-utérin, considérés comme de nature congéniale, j'ai acquis la conviction que plusieurs devaient s'être
développés à la suite de l'inflammation. Entre autres raisons qui m'ont
déterminé à penser ainsi, c'est qu'on y parle de la dureté, de la cal-
losité, de la non-extensibilité, de l'épaisseur du corps qui procure
le rétrécissement ou l'occlusion. Or, ce sont là les caractères des
inodules.

Quoi qu'il en soit, le résultat pathologique dont il s'agit, pour avoir
été rarement constaté, ne paraît nullement impossible. Il rentre

parfaitement dans les lois connues de l'anatomo-pathologie (1). En
effet, à l'occasion d'une inflammation suffisante, il peut s'épancher
dans tous nos tissus une matière plastique qui a la faculté de s'or-
ganiser. A la surface des viscères creux, formée par une membrane
muqueuse, cette organisation peut avoir deux résultats; ou bien
la cavité persiste, quoiqu'elle puisse être plus ou moins réduite;
ou bien la cavité s'efface, parce qu'il y a adhésion intime des parois
opposées. Dans le premier cas, la membrane muqueuse reste. Dans
le second, elle n'existe plus; elle a cédé sa place à cette membrane
de nouvelle formation qui porte le nom de corps inodulaire. C'est à
l'aide de ce corps que s'opère l'oblitération de la cavité enflammée.

Il est digne de remarque que l'oblitération a lieu plus souvent vers
la partie inférieure que dans les autres points du vagin. A quoi cela
tient-il? Serait-ce aux circonstances ci-après? dans les alentours de
l'entrée du vagin, les parois de cet organe s'entre-touchent habituelle-
ment. Il n'en est pas précisément ainsi à un pouce et demi ou deux
pouces au-dessus. Dans le point précité se trouve un muscle circu-
laire qui rend le rapprochement des parois plus énergique dans certaines circonstances. La sensibilité y est beaucoup plus prononcée que
partout ailleurs, suivant la remarque de Bichat, applicable d'ailleurs
à l'orifice extérieur de toutes les muqueuses. Là aussi le réseau vas-
culaire semble plus abondant, et n'est recouvert que de l'épitélium.
Enfin, c'est ici qu'agissent plus particulièrement les causes d'exci-
tation.

Mais pourquoi et comment, dans le cas dont nous avons tracé l'histoire, l'oblitération du vagin s'est-elle effectuée? Il est évident qu'une
inflammation considérable a siégé dans cet organe pendant assez long-

(1) Meckel fait même observer que c'est dans les organes génitaux qu'on
observe le plus souvent les altérations de texture, où elles arrivent d'ailleurs
au plus haut point de développement..... Ce qui tient, sans contredit, à ce
que l'activité plastique y jouit d'une énergie supérieure à celle qui la caracté-
rise dans tous les autres appareils organiques. (Manuel d'anatomie, etc., t. III,
p. 681.)

temps, et qu'elle a été complètement abandonnée à elle-même. Les labeurs de l'accouchement en expliquent assez la manifestation. Qu'elle ait été suscitée par le séjour prolongé de l'enfant dans le canal vulvo-utérin, par les efforts expulsifs de l'utérus et la résistance anormale de la vulve, surtout par les dilacérations produites très-probablement par le jeu inintelligent du forceps, ou mieux par toutes ces causes réunies ; toujours est-il que la phlogose a dû porter sur toute l'étendue de la circonférence du vagin, notamment vers son extrémité inférieure, siége ordinaire de la plus grande résistance. Peut-être aussi la muqueuse avait-elle été enlevée dans plusieurs points (1) ; en sorte que des surfaces saignantes ont pu se trouver immédiatement en contact. S'il en a été ainsi, on conçoit que l'inflammation n'ait pas eu seulement pour conséquence l'engorgement des parois du vagin et sa coarctation. L'adhésion par première intention était alors possible. Toutefois elle n'a pu avoir lieu, puisque l'écoulement de la matière retenue dans l'utérus a continué pendant une quinzaine de jours. Mais la disposition précitée des parties n'est pas moins propre à l'adhésion par deuxième intention. Et c'est ainsi que, dans ce cas, l'occlusion du vagin s'est effectuée.

Supposons maintenant que des circonstances anatomo-pathologiques analogues s'offrent dans l'enfance (et, on le sait, il arrive assez souvent des inflammations sympathiques ou autres du vagin dès l'âge le plus tendre), qu'est-ce qui s'opposera à ce que l'adhésion des parties puisse en être la conséquence ? Ruysch et autres pensent que ce résultat peut être produit pendant la gestation, et nous parta-

_____

(1) J'ai vu plusieurs fois, chez des médecins, des forceps tellement rouillés et à surface si raboteuse, que leur application ne pouvait que produire de fâcheux résultats. Et pourtant, le cas échéant, on ne devait pas y regarder à deux fois pour s'en servir. Qu'on me montre ses instruments, disait avec raison un célèbre chirurgien français à quelqu'un qui lui vantait le mérite d'un de ses confrères, et je vou dirai ce que je pense de son talent. Mais certains chirurgiens de petite ville ou de village pensent, sans doute, avoir assez de mérite pour pouvoir ne pas tenir compte de l'instrument qu'ils emploient : ceci soit dit toutefois sans application directe de ma part.

geons cette opinion. L'imperforation du vagin peut donc s'effectuer à tout âge et n'est pas toujours de nature congéniale, quoiqu'il soit vrai de dire, comme Meckel, que cette anomalie est *presque toujours* primitive (manuel d'anatomie, etc., t. III, p. 688). Il ajoute que parfois cet organe est partagé, dans une plus ou moins grande étendue, en deux moitiés par une cloison longitudinale dirigée d'avant en arrière (p. 688). D'autres fois, que les petites lèvres n'existent pas ou sont adhérentes, et que ces deux états peuvent être primitifs ou accidentels et développés à la suite d'une inflammation (p. 689). Enfin, le même auteur pense que l'oblitération de la matrice elle-même survient le plus souvent à la suite de la suppuration et de l'ulcération (p. 688).

Maintenant, quelles étaient les conséquences possibles et probables de l'état morbide dont nous avons tracé l'histoire ?

D'abord il est digne de remarque que les tractions exercées par le corps inodulaire sur les parties ambiantes tendaient à effectuer une sorte de fusion entre le canal de l'urètre et l'intestin rectum ; il pouvait donc en résulter quelque gêne dans l'accomplissement des fonctions auxquelles ces organes sont destinés.

Quant à la copulation, elle était absolument impossible ; du reste, le mari de cette femme n'avait nullement cherché à l'effectuer depuis l'accouchement.

A présent, on pourrait agiter cette question : avec une pareille conformation, la fécondation est-elle possible ? Certains médecins, on le sait, en ont admis la possibilité dans des conditions analogues ; mais le plus grand nombre n'est pas de cet avis, et nous pensons comme ces derniers. Ce n'est point parce qu'ils sont plus nombreux ; c'est parce que les motifs qu'ils invoquent nous paraissent plausibles. En effet, en supposant qu'il ne soit pas indispensable que la matière soit projetée vers l'utérus pour que la fécondation ait lieu, quoique plusieurs faits d'impuissance provenant d'un phymosis ou seulement de la non-extensibilité du frein, semblent l'établir; en admettant que les émanations de l'*aura seminalis* suffisent pour cela, faut-il encore qu'un obstacle direct ne s'oppose point à leur ascension? Je sais bien que l'*aura* est chose très-subtile ; mais s'il pouvait agir à travers une membrane, pourquoi n'agirait-il pas dans une foule de circonstances plus propices, où la fécondation n'a pourtant pas lieu ?

Nous pensons donc que l'occlusion de la vulve, du vagin ou de l'utérus s'oppose à la fécondation; que, lorsqu'une femme enceinte présente l'une ou plusieurs de ces occlusions, celles-ci se sont formées après la conception, ou bien qu'elles sont incomplètes.

Le fluide menstruel était retenu dans l'utérus et la partie supérieure du vagin, chez cette femme. Que pouvait-il en résulter? Nous savons déjà ce qui s'est passé jusqu'au moment de l'opération; et, il faut en convenir, cet ensemble de symptômes légitimait assez la croyance à une grossesse de la part des parents de l'enfant qu'elle allaitait. Vainement affirmait-elle que cela ne pouvait être. Les apparences déposaient contre ses affirmations.

On a prétendu que, lorsqu'il y a rétention des règles ou procréation d'une tumeur dans l'utérus, celui-ci s'accroît à l'instar de ce qui a lieu durant la grossesse. Évidemment il n'en est pas toujours ainsi, en supposant même qu'il existe des faits bien constatés en faveur de cette assertion. Dehaën, Boyer et autres rapportent des observations de rétention des règles, à la suite de laquelle l'utérus s'est aminci, enflammé, ramolli et enfin ulcéré, bien avant que la matrice fût arrivée au degré de développement dont elle est physiologiquement susceptible, et Boyer considère cette terminaison comme à peu près inévitable, si on ne peut remédier à cet état (1). Cependant il est vrai de dire que, dans plusieurs circonstances, la matrice supporte la matière y retenue pendant assez long-temps, sans donner de trop vils témoignages de souffrance. Mais enfin arrive le moment où la dilatation mécanique fatigue par trop les tissus; l'inflammation se développe, et l'abcession en est tôt ou tard la conséquence. Dès lors la matière s'épanche hors de l'utérus; elle peut suivre diverses directions, suivant le point de cet organe ou du vagin qui s'est ulcéré.

(1) Boyer, malad. chirurg. , t. X , p. 426.

Si la collection se vide dans l'abdomen, une péritonite formidable
ou plutôt mortelle apparaîtra tout aussitôt; si, du côté du rectum,
de la vessie, l'évacuation au dehors peut se faire parfaitement, et la
femme guérir avec ou sans fistule vagino-rectale ou vésico-vaginale;
parfois l'épanchement suit la direction la plus naturelle; il s'ouvre
une voie à travers les tissus morbidement réunis, ou dans leurs alentours. Mais cette terminaison qui, sous tous les rapports, serait la
plus avantageuse, est malheureusement la plus rare. De quoi cela
dépend-il? je ne sais; car s'il est vrai que la densité des inodules
l'emporte sur celle des parois du vagin et de l'utérus, il est vrai aussi
que ces tissus de nouvelle formation résistent fort mal à une inflammation un peu considérable; et on le comprend en raison de leur
peu de vitalité. Mais peut-être aussi, à cause de cela, conçoivent-ils
plus difficilement ce mode pathologique.

Telle était donc la situation de cette femme, que, d'un instant à
l'autre, il pouvait se manifester, chez elle, des phénomènes morbides
capables de compromettre son existence. En conséquence, bien qu'il
n'y eût pas urgence, il convenait néanmoins d'agir au plus tôt; car la
collection était déjà fort considérable. Aussi, avant de m'adjoindre
les deux médecins déjà cités, m'étais-je mis en mesure de cela faire,
espérant bien qu'ils en sentiraient comme moi l'importance. En effet,
ils furent convaincus, ainsi que le dit Boyer (1), que le *seul* moyen
de prévenir une terminaison funeste, était de se frayer une voie jusqu'à
la cavité de la matrice, pour permettre au sang de couler. Mais fal-
lait-il y arriver par le périnée, c'est-à-dire par le point correspondant
au vagin lui-même, ou bien en pénétrant par le rectum? « L'opération n'est praticable par le périnée, ajoute le célèbre chirurgien
déjà cité, que lorsqu'il y a à la place du vagin une substance plus
ou moins épaisse, au travers de laquelle l'instrument peut être conduit
jusqu'à l'utérus sans intéresser ni la vessie ni le rectum. Si la vessie
et le rectum ne sont séparés que par une cloison mince, la blessure
de l'un ou de l'autre serait inévitable; on n'a d'autre ressource alors

(1) Boyer, *loco citato*, p. 425.

que de tenter la ponction de l'utérus, par le rectum, avec un trois-quarts courbe. »

Le cas dont il s'agit rentrait précisément dans la première caté-gorie faite par Boyer. Quoique l'anus et l'urètre eussent été entraînés l'un vers l'autre par le corps inodulaire, il existait encore un espace suffisant pour opérer sans trop de danger. Je le fis donc comme je l'ai déjà relaté.

Mais encore que j'eusse trouvé une cloison beaucoup plus mince entre les deux organes précités, je n'en aurais pas moins procédé d'une manière analogue, sinon identique. Car je me permettrai de faire observer que le conseil donné alors par le célèbre Boyer offre des inconvénients majeurs.

D'abord, quand il est question d'une occlusion non congéniale, à moins qu'elle ne se soit effectuée dans les premiers âges de la vie (car alors le périnée est fort étroit), il est bien difficile qu'il n'existe pas, entre le rectum, l'urètre et la vessie, un intervalle suffisant pour opérer sans lésion probable de ces organes. Si l'occlusion s'est formée dès l'enfance, il n'est même pas certain que cet intervalle soit complètement effacé; car, dans leur développement, les parties obéis-sant aux lois de l'état normal, le rectum tend à se dérouler en sui-vant la face concave du sacrum; tandis que l'urètre se rapproche de l'arcade des pubis. Il pourra donc y avoir encore assez loin du pre-mier de ces organes à l'autre, peu de lignes au-dessus de leurs ori-fices. Mais, enfin, admettons que le rectum soit tout-à-fait accolé au vagin et à l'utérus, celui-ci le tiendra toujours à distance de la vessie, et l'urètre doit remonter nécessairement vers le pubis. Il fau-drait, en effet, pour qu'il y eût contact entre ces deux réservoirs, que l'organe intermédiaire, la matrice, n'existât point. Mais alors les règles ne sauraient se montrer, ni la nécessité de remédier aux accidents de leur rétention.

Si donc il se présente des cas où, l'espace vulvo-périnéal parais-sant effacé, il semble absolument impossible d'arriver à l'utérus autre-ment que par le rectum, ces cas doivent être fort rares et mûrement examinés. Le plus souvent l'impossibilité n'est qu'apparente, et cette apparence tient à ce que les orifices de l'urètre et de l'anus ont été fortement rapprochés. Mais à quelques lignes de profondeur, le rectum et l'urètre s'écartent nécessairement l'un de l'autre ; car, qu'on s'en rappelle bien, l'un se dirige vers le sacrum, et l'autre vers le pubis. Ainsi, dans les cas de ce genre, on pourrait, sans qu'il fût, ce nous semble, besoin d'une adresse extraordinaire, pratiquer une incision transversale entre les deux orifices sus nommés. Cela fait, tantôt en déchirant, tantôt en incisant les brides les plus résistantes du corps inodulaire, on arriverait jusqu'au point du vagin non oblitéré; et s'il l'était en entier, ce qui est rare, on parviendrait du moins dans une partie du périnée, où l'on pourrait marcher jusqu'à l'utérus en restant toujours assez loin du rectum et de la vessie.

Supposons enfin que la disposition des parties soit telle qu'on puisse léser le rectum ou la vessie ; convient-il alors d'effectuer, comme le veut Boyer, la ponction de l'utérus par le rectum avec un trois-quarts courbe ? Je ne le pense pas. Il résulte des faits cités par ce célèbre pathologiste, que cette opération a mal réussi. Une inflammation intense envahit les parties lésées, le péritoine surtout, et la mort en est la conséquence. Ce n'est précisément pas, ce nous semble, à cette simple ponction que ces accidents doivent être imputés; quoique pourtant, en plongeant ainsi un peu en aveugle l'instrument dans cette région, il puisse bien en résulter la blessure de l'expansion péritonéale placée entre le rectum et l'utérus, ou toute autre éventualité fâcheuse. Mais il est plus probable que la voie ouverte étant trop étroite, et les liquides retenus dans l'utérus ne pouvant s'écouler librement et directement au dehors, une partie doit s'épancher dans les graisses du périnée, et y déterminer des conséquences analogues à celles que l'urine produit quand elle se répand en ces lieux. En pareille conjoncture, comment donc se conduire ? Sauf meilleur avis, il nous semble qu'il faut procéder ici à peu près comme dans la taille recto-vésicale. C'est le seul moyen d'ouvrir une voie large et facile au sang épanché, et par conséquent d'éviter les chances dangereuses de son infiltration. Ici même cette opération ne mérite pas précisément le principal reproche adressé à la taille de M. Sanson ; car la matrice ne fournit pas incessamment, comme la vessie, un écoulement de matière, ce qui est bien propre à produire des fistules.

Là se bornent nos réflexions, non que ce soient les seules qui découlent de ce fait, mais parce que nous avons hâte de terminer.

SCIENCES ACCESSOIRES.

EXPOSER LES PHÉNOMÈNES FONDAMENTAUX DE L'ÉLECTRICITÉ STATIQUE.

Nous allons faire cette exposition d'une manière aussi sommaire que possible, en mettant à contribution le traité élémentaire de physique, publié en 1838, par M. Péclet.

Lorsqu'on frotte, dit cet auteur, un morceau de verre, de soufre, de résine, ou un bâton de cire d'Espagne, avec une étoffe de laine, on remarque que ces corps jouissent, après le frottement, de la propriété d'attirer les corps légers, tels que des barbes de plume, etc. La cause de ce phénomène a été désignée sous le nom d'*électricité*, du nom grec de l'ambre (ηλεχτρον), substance dans laquelle on l'a reconnue pour la première fois.

Les attractions dont nous venons de parler peuvent se manifester à des distances considérables, et ne sont point détruites par l'interposition des corps, de quelque nature qu'ils soient.

Ces attractions deviennent bien plus énergiques, et se manifestent à une bien plus grande distance, quand on emploie des corps d'une grande surface qu'on frotte très-vivement, des machines électriques, par exemple. Alors on obtient, non-seulement des attractions énergiques, mais les surfaces électrisées deviennent lumineuses dans l'obscurité ; elles acquièrent une odeur de phosphore ; et lorsqu'on en approche d'autres corps, avant le contact, il se manifeste une brillante étincelle.

Tous les corps ne sont pas également bons conducteurs de l'électricité. Ainsi les substances vitreuses, résineuses, la terre sèche, la soie, les gaz secs, et en général toutes les substances qui deviennent immédiatement électriques par le frottement, sont de très-mauvais conducteurs. Au contraire, l'eau, surtout celle qui est chargée de sels, presque tous les liquides, les gaz humides, le charbon calciné, les végétaux, les animaux, la terre humide, les métaux, sont de bons conducteurs.

Un corps est dit *isolé*, lorsqu'il est soutenu par un corps mauvais conducteur.

Quand deux corps isolés, dont un seul est électrisé, sont mis en contact, l'électricité se partage entre eux, de manière que celui qui n'a pas été électrisé en prend d'autant plus que sa surface est plus grande.

Tous les corps sont électriques par le frottement.

Les électricités qui se développent dans deux corps isolés frottés l'un contre l'autre, sont de nature différente dans chacun d'eux. Les corps chargés d'électricité de même nature se repoussent, et ceux qui sont chargés d'électricité de nature différente s'attirent. Les deux espèces d'électricité qui se développent dans les corps sont fournies par le verre et la résine frottés avec des étoffes de laine : d'où *électricité vitrée* et *électricité résineuse*. Mais comme le verre ne prend pas toujours la même espèce d'électricité, même quand il est frotté avec le même corps, on emploie aussi les désignations d'*électricité positive* et d'*électricité négative*, attendu que ces deux espèces d'électricité jouissent de propriétés opposées.

Les attractions et les répulsions électriques suivent la loi de la raison inverse du carré des distances.

Les forces attractives ou répulsives des corps électrisés sont proportionnelles aux produits des quantités d'électricités libres renfermées dans les corps qui agissent les uns sur les autres.

L'électricité, dans un corps conducteur, réside entièrement à sa surface.

L'électricité est retenue à la surface des corps par l'air environnant.

Lorsqu'un corps conducteur isolé est garni d'une pointe métallique, l'électricité dont on le charge s'écoule par la pointe, etc., etc.

ANATOMIE ET PHYSIOLOGIE.

L'oreille interne se compose du vestibule, des canaux demi-circulaires, et du limaçon.

Celui-ci, situé dans la partie antérieure du rocher, au-devant du vestibule et du conduit auditif interne, représente un canal qui décrit deux tours et demi en s'enroulant autour d'une partie moyenne et perpendiculaire qu'on nomme axe ou columelle.

A part cette partie ou axe, le limaçon offre encore une lame, des contours, une cloison spirale, deux rampes et un aquéduc.

L'axe est horizontalement dirigé, de forme conique, et correspond au fond du conduit auditif interne. Il est parcouru dans toute sa longeur par un canal qui donne passage à la branche limacienne du nerf acoustique; et son sommet s'évase en infundibulum.

SCIENCES CHIRURGICALES.

———◦●◦———

Les pathologistes admettent deux ordres de phénomènes propres à signaler l'existence des fractures : 1° signes rationnels ; 2° signes sensibles.

Les circonstances anamnestiques, mais surtout la douleur et l'impossibilité d'exécuter les mouvements ordinaires, rentrent dans les signes de la première classe.

Ces signes sont équivoques.

Quant aux signes sensibles, ils consistent : dans la déformation du membre ; dans diverses inégalités que le toucher fait reconnaître ; dans la crépitation qui ordinairement s'entend et quelquefois se fait à peine sentir.

Mais ces signes sont parfois peu marqués, soit à cause de la situation profonde de l'os, du déplacement très-peu considérable des fragments, et de l'engorgement inflammatoire qui survient.

C'est pourquoi, pour diagnostiquer une fracture, il faut ne pas compter sur un seul signe, mais s'efforcer d'en recueillir le plus possible. Suivant les cas, chacun d'eux peut acquérir une importance majeure. Ainsi, quand il s'agit d'une fracture de la clavicule ou du col du fémur, les signes commémoratifs sont souvent plus utiles que les signes sensibles. Ceux-ci sont parfois alors si mal dessinés, que le diagnostic serait à peu près impossible à leur aide seulement. Mais la circonstance d'une chute sur le moignon de l'épaule pour le premier cas, ou sur le trochanter quand on soupçonne une fracture du col du fémur, vient former la conviction du chirurgien.

SCIENCES MÉDICALES.

ÉTABLIR LE DIAGNOSTIC ET LE TRAITEMENT DE LA GALE.

La gale est caractérisée par un plus ou moins grand nombre de vésicules acuminées, légèrement élevées au-dessus du niveau de la peau, transparentes à leur sommet, contenant un liquide visqueux, entourées d'un cercle inflammatoire, et constamment accompagnées de prurit.

Ces vésicules peuvent se développer sur presque toutes les parties du corps, mais s'établissent principalement sur l'abdomen, les plis des articulations des membres, et dans l'intervalle des doigts.

Cette maladie est essentiellement contagieuse.

La malpropreté et les chaleurs paraissent en favoriser le mieux l'apparition et la propagation. Mais peut-on, avec ces deux circonstances, produire la gale à volonté? Je ne le pense pas. Quel est, d'un autre côté, le rôle que joue l'*acarus scabiei* dans la formation et la propagation de cette maladie? Nous n'entreprendrons pas d'agiter cette question, qu'on ne peut d'ailleurs résoudre dans l'état actuel de la science.

Il est des pathologistes qui pensent que la gale ne peut guérir spontanément : évidemment c'est une exagération. Quelle que soit la cause qui détermine ou entretienne cette maladie, nous croyons que, dans certaines circonstances, l'économie peut se suffire.

La gale est une maladie locale. Toutefois, quand elle existe depuis fort long-temps, elle a pu modifier profondément l'organisme; en sorte que, dans le traitement, il devient alors indispensable d'avoir égard à cette particularité.

Si la gale est dégagée de toute complication, les préparations soufrées et mercurielles en guérissent assez promptement.

S'il existe des complications, il faut les combattre.

Enfin, si la gale est ancienne, il peut devenir utile, non-seulement de prolonger long-temps l'usage des préparations soufrées ou mercurielles, mais encore d'employer des moyens dépurants, des fonticules, etc., etc.

MATIÈRE DES EXAMENS.

1ᵉʳ EXAMEN. *Physique, Chimie, Botanique, Histoire naturelle, Pharmacologie.*
2ᵉ EXAMEN. *Anatomie, Physiologie.*
3ᵉ EXAMEN. *Pathologie interne et externe.*
4ᵉ EXAMEN. *Thérapeutique, Hygiène, Matière médicale, Médecine légale.*
5ᵉ EXAMEN. *Accouchements, Clinique interne et externe.* (Examen prat.)
6ᵉ ET DERNIER EXAMEN. *Présenter et soutenir une Thèse.*

SERMENT.

En présence des Maîtres de cette École, de mes chers condisciples et devant l'effigie d'Hippocrate, je promets et je jure, au nom de l'Être Suprême, d'être fidèle aux lois de l'honneur et de la probité dans l'exercice de la Médecine. Je donnerai mes soins gratuits à l'indigent, et n'exigerai jamais un salaire au-dessus de mon travail. Admis dans l'intérieur des maisons, mes yeux ne verront pas ce qui s'y passe; ma langue taira les secrets qui me seront confiés; et mon état ne servira pas à corrompre les mœurs, ni à favoriser le crime. Respectueux et reconnaissant envers mes Maîtres, je rendrai à leurs enfants l'instruction que j'ai reçue de leurs pères.

Que les hommes m'accordent leur estime, si je suis fidèle à mes promesses! Que je sois couvert d'opprobres et méprisé de mes confrères, si j'y manque!

Comment reconnaître un sel de bismuth mélangé avec la matière des vomissements?

———

Quelle est la structure du chorion?

———

Des plaies du testicule, et de leurs conséquences.

———

Du traitement de la syphilis.

THÈSE

Présentée et publiquement soutenue à la Faculté de Médecine de Montpellier,
le 25 Août 1858,

PAR

YVES-CÉLESTIN SCHWEITZER,

d'ALTKIRCH (Haut-Rhin),

Pour obtenir le Grade de Docteur en Médecine.

MONTPELLIER,

Chez JEAN MARTEL aîné, imprimeur de la Faculté de médecine,
Rue de la Préfecture, 10.

—

1858.

9 783385 094963